Élie

le fantôme

la sorcière

Pour Baptiste,
le roi de la lampe torche.

Auteur : Sophie Maraval-Hutin
Illustrateur : Myriam Mollier
Conception graphique et réalisation : Élisabeth Hebert
Édition : A Cappella Création
Photogravure : Quatre Images
Impression et reliure : Proost

N° d'édition : 03007
Dépôt légal : Février 2003
ISBN : 2-215-04427-6
© Groupe Fleurus, 15-27 rue Moussorgski, 75018 Paris,
2003 pour l'ensemble de l'ouvrage.
Tous droits réservés pour tous pays.
« Loi n° 49-956 du 16 juillet 1949 sur les publications destinées à la jeunesse »

Élie

n'aime pas la nuit

FLEURUS

L'histoire commence ici...

« Allez, au lit, Élie ! Plus de galipette, c'est l'heure de la couette », dit Maman. Un dernier saut de kangourou et hop ! Élie atterrit dans son lit sans bruit. « Dis, Maman, tu laisseras la lumière dans le couloir, parce que Patapon, c'est un ours poltron, il a peur du noir. »

« Bien sûr, mon chéri. Tu pourras même m'appeler si Patapon fait un cauchemar ! D'ailleurs, où est-il ce coquin ? Ah ! il est là, caché sous les draps ! » Maman attrape la patte qui dépasse, et voilà Patapon à califourchon sur le polochon.

4

« Bonne nuit, Élie,

bonne nuit, Patapon. »

Un dernier baiser lancé du pas de

la porte et Maman éteint la lumière.

Dans la chambre, il fait tout noir maintenant.

Disparue, Mimi la tortue toute tordue en

plastique élastique. Envolé, le coffre à jouets !

Ce soir, la chambre est toute bizarre, une vraie

Boîte à cauchemars.

Heureusement, il y a le petit rayon jaune sous

la porte. Mais ça ne rassure pas Patapon

le poltron : ses dents font des claquettes

et il a filé sous la couette !

« Patapon,
arrête de bouger,
proteste Élie. Et ne mets
pas tes pattes toutes
glacées sur le bout
de mes pieds ! Quoi,
tu veux un verre de lait ?
Bon, d'accord, mais après, tu dors !
Maman ? Maman ! »
Comme par magie, Maman est
déjà au bord du lit.

« Laisse-moi deviner, Patapon a soif,
et toi, tu as envie de faire pipi.
Allez, en route petite troupe ! »
Un bon verre de lait pour Patapon
l'assoiffé, un dernier bisou, tout
doux, dans le cou... Élie et son ourson
replongent dans le lit !
« Maintenant, il faut dormir,
mes coquins. Plus de
bruit, trêve de
plaisanterie ! »
Et Maman ferme
la porte.

« **A**llez, bonne nuit, Patapon.

Viens dans mes bras. Si un voleur vient

t'attraper, je te cacherai sous l'oreiller ! »

Et voilà Patapon et Élie sous la couette.

Mais Élie a une drôle d'impression… Comme

si quelqu'un venait se pencher par-dessus

le polochon pour lui chatouiller le menton.

Vite, Élie se retourne.
Catastrophe ! Le petit rayon jaune a
disparu ! C'est le noir absolu. Même
les yeux grands ouverts,
rien à faire. On ne voit
plus rien du tout. Pourtant, le
long du mur, ça Bouge, c'est sûr.

Il y a des formes bizarres.

Une armée de *fantômes fantômatiques*

pas du tout sympathiques.

« *Patapon*, n'aie pas peur : je les

surveille ! » murmure Élie en le serrant

tout contre lui.

Mais, soudain, à côté de l'étagère, apparaît une horrible sorcière sur un manche à balai, avec une tête tordue et six bras crochus ! On dirait même qu'elle a bougé. Elle s'approche, elle va l'attraper... « Mamaaaan !!! » Heureusement, un flot de lumière inonde la chambre.

« Tout va
bien, Élie »,
dit Maman en le
serrant dans ses bras.
« Il y a une sorcière,
là, juste derrière »,
sanglote Élie dans
un hoquet.
Mais, dans la chambre,
plus de sorcière aux
bras crochus, seulement
son portemanteau rigolo,

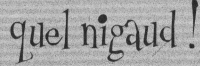

quel nigaud !

« **A**llons, mon grand, dit Maman en le rebordant, il n'y a pas de sorcière dans ta chambre. Regarde, pas le moindre petit monstre », ajoute-t-elle en fouillant tous les coins noirs et en ouvrant tous les placards. « Maintenant, si quelqu'un vient t'embêter, conseille Maman avant de partir, ne te laisse pas impressionner : donne-lui un bon coup d'oreiller sur le nez ! »

15

Et justement, à peine la porte est-elle fermée que toute la chambre se met à gronder.

Toc ! Toc ! Crac ! Crac ! Quel est ce drôle de bruit sous le lit ? C'est sûrement un monstre très monstrueux aux dents pointues et au nez velu. Le voilà qui sort de sa cachette.

Élie respire un grand coup : « Patapon, on va faire comme Maman a dit. On va assommer ce monstre et on ira allumer la lumière, d'accord ? »

Mais Patapon est muet de peur.

Alors, Élie prend

son courage

et son polochon

à deux mains...

Et vlan ! Et vlan !

Deux grands coups de

polochon sur le monstre

grognon !

Vite, Élie
saute de son
lit et court vers la porte.
« Accroche-toi, Patapon !
Le monstre, je l'ai bien assommé,
et tu vas voir : avec la lumière, il fera moins
le fier ! Je vais l'écraßouiller en petits
morceaux, ça sera du gâteau ! »
C'est drôlement excitant de marcher dans la
nuit, pour un peu, ce serait presque un jeu
si ce n'était pas aussi dangereux !

Ouf ! voilà la porte. Mais où est passé
le bouton de la lumière ?
Oh ! hisse ! sur la pointe des pieds…
Non, c'est encore plus haut.
Il faut sauter.
Boum ! Boum ! Boum !
Encore un petit effort.

Boum !

19

... elle se termine ainsi !

« Qu'est-ce qui se passe ici ? C'est quoi, tout ce bruit ? »
Oh, oh ! Ça, ça ressemble à la voix d'un Papa pas très content, un Papa qu'on vient de réveiller. Clic. Papa appuie sur le bouton. Victoire ! Le monstre a succombé : la lumière l'a pulvérisé !
Mais bizarrement, Papa n'a pas l'air de partager la joie d'Élie...

« Tu peux m'expliquer ce que tu fais debout à cette heure ? » Alors Élie saute dans les bras de Papa pour tout lui raconter : « Le monstre velu m'a sauté dessus, et la sorcière était juste derrière, Maman disait que non, mais Patapon l'a vue.

J'ai bien assommé le polochon,

et puis, dans le noir, j'ai cherché partout le Bouton du monstre grognon, mais c'était trop haut… »

« Pas si vite, mon lapin ! dit Papa en riant. Si je comprends bien, cette nuit, tu as pourchassé une sorcière et terrassé un monstre ? Tu sais que tu n'es pas un petit garçon comme les autres, toi ? »

Il comprend tout, ce Papa, même quand les mots sont sens dessus dessous.

« Bon, dit Papa, il va falloir prendre des mesures contre ces monstres fanfarons qui osent entrer dans notre maison. J'ai une idée. Je vais aller chercher ma lampe magique.

À la moindre alerte, tu l'allumes et tu vises les monstres velus et les sorcières crochues. Et hop ! envolés, ratatinés, pulvérisés !

D'accord ? Allez, zou ! au lit, Élie.

Je vais chercher la lampe. »

Élie saute dans son lit. Papa pose sa belle lampe

torche rouge sur la table de nuit. Clic. Il fait noir.

Clac. On peut tout voir. Clic ! Clac ! Clic ! Clac !

Les monstres n'ont qu'à bien se tenir ! Patapon est

tout content ! « Ne t'inquiète pas, Papa, dit Élie

en bâillant, je surveille la maison.

Moi, la nuit,
        je suis le roi des chasseurs de monstres ! »

...Fin !

la fusée

Patapon

Maman

Papa